KB251924

빛났던 순간들

빛났던 순간들

시인의 말

그동안 홀로 외롭게 살아와
자신을 잘 돌보지 못하여
건강을 잃었습니다

그동안 보내주신 독자 여러분의
사랑에 감사드리며
필요에 의하여
시를 발췌하여 책을 묶게 되었습니다
건강 회복을 위해 노력하겠습니다

저의 책을 판매하시는 분께 드리는 글

그동안 수고하셨습니다
제가 중병에 걸렸습니다
출판사를 하지 않겠습니다
진심입니다
책의 인세를 받고 싶습니다
이번에는 꼭 빨리 연락해 주시기를
간곡하게 부탁드립니다
제발 연락해 주십시오
해결해 주십시오
꼭 연락해 주십시오

차례

제2장 별과 그대

제3장 중독

제4장 석양 무렵

제1장
마이산

여명

밤새워 내리치던 비바람
끝내는 지쳐
한 조각 구름만 남기고 사라지네

산과 들에 얼룩진
지난날의 발자취
가슴에 되살아나고

쓰러진 나뭇가지에는
이슬이 맺혀 있네

천년을 웅크린 바위 앞에
부드러운 바람결은
소리 없이 다가와
아픈 상처를 어루만지는데

어둠 속 홀로
내일을 기다리던 마음은
새벽의 하늘가에
서서히
서서히
빛이 되어 번져 온다

마이산

마음속 깊은 곳 소원을 빌기 위해
정결하게 자신을 가다듬어
마이산에 오르는 자 있다고 한들
여기저기 쌓아 놓은 돌탑에 어린 정성
그 느낌만 하랴

마이산의 형상이 기이하다고 하나
찐득한 흙을 감싸 안고
바다에서 솟아올라 형성된
그 과정과 세월만 하랴

절벽에 깊게 패인 흔적이 아프다고 하나
암자의 북을 치는
기구한 과거를 가진
어느 여인의 아픔만 하겠는가

나의 형상도 너와 흡사하다만
님을 생각하며 기다리는 마음으로
천년을 누워 있는 여인의 가슴처럼
진정으로 꿈꾸지 못하는 꿈처럼
어둠 속에 웅크리고 있기만 하느냐

이슬을 털고 일어나는 새처럼
파닥거리며 아침이 움트면
발목을 묶고 있는 고리를 끊고
일찍이 네가 간직해 온 느낌을 품은 채
신이 부여한 의미를 찾아
부끄럼 없는 새날을 열고 싶다.

목련

벌레들도 움츠리고 지내는
아직도 차가운 날씨
음울한 잿빛 하늘 아래
그래도 보란 듯이 목련꽃이 핀다

한겨울의 나목처럼 말라 학대받던 소녀도
과거는 잊을 수가 없겠지만
세월이 가면
지난 일에 아랑곳하지 않고
봉긋하게 가슴이 솟아오르듯이
앙상하고 매끈한 플라스틱 조형물 같은 가지에서
그래도 보란 듯이 목련꽃이 몽우리져
피어난다

목련도 그렇듯이
살아 숨 쉬며 변화한다는 것은 슬프지만
한편으로는 얼마나 축복받은 일인가

매서운 겨울을 무사히 견디어 낸 이른 봄
받쳐주는 꽃잎도 없이 대견하게 자라나
축복의 상징처럼 솟아오른 목련꽃

꽃이 먼저 피든지 잎이 먼저 피든지
목련의 자태는 아름답다

이른 아침 출근길
작년에도 그랬듯이
아파트 단지 앞에 줄지어 늘어선
목련꽃이 핀다

낙화

한강 어귀에도 봄의 정취는 달아오르고
이곳저곳 커다란 나뭇가지에서
마침내 참았던 봄기운이 떨어져 내린다

도로변에 연분홍 산당화가 피어 담장을 틀고
산기슭의 붉은 철쭉이 장단을 맞추자
어차피 가게 될 이 봄
열병과 같은 후끈한 봄을 견디지 못한 벚꽃이
바람을 타고 쏟아져 내린다
때로는 졸린 듯이
오는 듯 가는 듯 무심한 봄바람에
꽃잎이 떨어진다

꽃 같던 꿈도 닳아 희미해져서
만개한 너를 볼 때마다 꿈처럼 환해져 즐거웠는데
너마저 떨어져 가려느냐
파도처럼 심술처럼 조금 더 거세어진 바람이 불어대면
필사적인 몸짓처럼 절규하는 뻬라처럼
꽃잎이 흩어져 내린다
저 꽃들도 우리들처럼
영원히 이곳에 머물 수는 없기에

아픈 꽃송이는 어쩔 수 없이 떨어지지만
너무나 아름답고 아찔해져
화려한 축제와 같이 분위기가 무르익는다

우리네 삶도 뜨겁게 피었다가
아프게 질 때 지더라도
저처럼 아름답고 자연스럽게
폴폴거리며 떨어져 나갈 수 있다면 좋으련만

떨어지는 꽃잎과 함께 바람에 휩싸여 거닐면
이생의 모든 것을 잊고
살아서 걷고 있는 이 동영상에서 멈추지 않고
우주의 공간 어디로든 서서히 빨려들어
끝도 없이 떠다니고만 싶다

주왕산의 가을

새벽에 오르는 산은
솟아오른 암봉이 지켜볼 뿐
말이 없다

정상에 올라
부질없는 도락으로 지새운 밤처럼
지난날을 돌아보면
저 알 수 없는 차가운 별빛만 반짝인다

기암계곡을 돌아 하산하는 길은
잃어버린 어린 시절의 꿈을
되살아나게 하고
군데군데 저 홀로 앓으면서 익어 가는 단풍잎은
아파하는 깊이만큼
색깔도 짙어만 간다

영겁의 세월 속에 찰나의 삶
본능적인 오욕처럼
무엇이든 주어진 것을 잃지 않으려고
우리들은 바둥거려 보지만

이 모든 것들이
깊어 가는 가을 산 가파른 바위틈에
위태하게 뿌리가 섥녀 있는
작은 나무의 잎새처럼
서서히 말라 바스라져 간다

내 고향 진주

일찍이 살아 있음으로 해서 피해 갈 수 없는
기쁨과 슬픔, 격정을 처음 알게 해준 곳

진주성과 지리산을 지척에 두고 성장한 그곳
하지만 언제나 진정한 주인공이 되지 못한 채
주변인의 느낌으로 운명처럼 살아 온 지난날

내 청춘을 혼돈 속에 흘려 보내며
끝없이 바라보던 남강의 물은 아직도 푸르더냐

그림자를 밟으며 한없이 휘청거린 도시의 그 길에
지금은 어느 소년이 걷고 있는가

석상처럼 서서 하늘을 응시하던 그때 그곳
거대한 차량들이 질주하던 강변 뒤버리의
그 소음 그 느낌 지금도 잊을 수 없다

한때는 외면하던 것들을
때로는 집착하며 탐닉하는 부조리한 내 행위들처럼
낮이면 고향을 거부하던 가라앉은 내 마음도
깊은 밤 어느 한 순간

회오리바람처럼 일어
가슴속에 되살아나는 아픈 기억들
그 기억과 함께 아로새겨진
그리운 추억

사랑할 때나 미워할 때나
서로 외면할 수 없는
혈육의 관계처럼
아무리 도리질을 해도 잊지 못할
내 고향 진주

가을비

시월의 산자락

좁은 길
울창한 나무 사이로
잿빛 하늘이 보일 뿐
온통 가을의 색깔로 현란하다

물 소리
바람 소리
낙엽 떨어지는 소리
마음을 빼앗겨 걷고 있는데
언뜻 나를 깨우치는 손길이 있어
고개를 드니
아! 가을비

붉게 물든 단풍잎 사이를
스쳐 내려와
작은 가슴을 찌르는 너

오늘도
갈 길은 먼데
빗속에 잠겨
끝없는 생각에
나를 맡긴다

세대교체

젊은이들이 들끓는 거리
한때 들쥐처럼 들락거리던 그곳
카페가 즐비한 유흥가 나이트클럽 앞에서
흐느적거리는 유령처럼 서성거리면서
오가는 사람들을 바라보며 구경하다가
어색하게 손을 내저으며 돌아왔다

세대교체는
날마다 생명이 새롭게 태어나는 것만으로도
그 의미가 있다
칠십대 할아버지는
시골의 구멍가게 같은 다방의 아가씨에게
한때 잘나가던 지난 청춘을 곱씹으며
진한 농담을 건네고

힘없이 늙어 가는 여자는
폐선 같은 싸구려 주점에서
늘어진 젖가슴을 젊은 사내에게
은근하지만 필사적인 자세로 밀착시켰다

인생은 흐르는 물처럼
가고 오는 것
머지 않아
짧은 무대의 퇴장을 받아들이기까지는
미련과 후회가 갯바위에 붙은 새끼패류처럼
덕지덕지 남아 있겠지만
그래도 오늘은 썰물처럼 빠져나가는 젊음을 위로한 채
어떤 방법으로든지 인생을 향유하고

당신이 설정하신 노을이 지는 선을 보고 느끼며
심신을 가다듬어
점차 맞추어 가려고 합니다

독신과 결혼

홀로 있어 더욱 깊고 생생해지는 다양한 감정들
쾌락마저 고통으로 느끼지는 듯한 독신의 순간들

결혼
설사 그것이
언젠가는 권태의 늪이 된다고 할지라도
목구멍으로부터 쓴 물처럼 넘어오는
독신 고행을 잠재우는 최음제

독신의 고통은
현실적으로 주어진 상황과
불안한 정서뿐만이 아니라
결혼으로 새 가족을 이루려는
본능적인 욕구를 충족하지 못한 것에
그 원인이 있다

결혼
가족이라는 새로운 전기적인 자극에 의해서
변성과 자성을 지닌
독특한 물질로 변질되어 거듭나는 것

갯바위에 붙어사는 작은 따개비 같은 집에서
연체동물의 축수 같은 아내와 엉켜 가족을 이루고
자신들만이 가진 독성을 서로 희석시키고 가라앉혀
부대끼며 살아가는 것

그러나 음습한 곳에서 자라나는 독버섯처럼
그 특성이 강한 사람일수록
새롭게 가족을 이루기란 어렵고
누구의 탓이든지
그 누구의 뜻이든지
설사 그만한 이유와 의미가 있다 하더라도
그것은 너무나 가혹한
형벌과도 같은 것이다

나의 시

머리를 흔들면 시상이 달아날까 봐
숨죽여 메모해 보지만
스스로 움츠러들게 하는 가치인식 때문에 멈칫거린다
무너져 가는 가치관의 변화 속에
하릴없이 시 쓰는 바보가 되었다고 자책하지 말자
환부를 내보이는 시
부끄러운 체험처럼 부족한 내 모습이
단 몇 줄 시의 구절로 세상에 던져졌다고
안타까워하지 말자

눈 뜬 소경이 되어 손마저 묶은 채
위대한 세월 앞에 개처럼 끌려온 나날들

병 속에 갇힌 벌처럼
나아갈 수 없는 날갯짓으로 벽을 긁은 순간들

괴로울 때 술을 마시거나 여행을 하듯이
시를 쓰는 것도 마음을 달래고 토로하는 통로일 뿐
그 어떤 것에 대한 근본적인 치유도 구원도
되지 않는다는 것을 이미 알고 있다
하지만 마음이 답답해져 올 때
시를 통해서 지껄일 수 있는 능력을 주신
신에게 감사한다

시적 재능을 지닌 유능한 사람들은
이를 대체할 가치의 척도로 선택한
다양한 직업군에 숨어 바쁘게 살아가고
불어 터진 자장면처럼 풀어져
어쩔 수 없이 지키고 앉은 너와 나
한여름 나무그늘 아래 퍼질러 앉아 중얼거리는 미친년처럼
오늘도 시를 쓴다

제2장

별과 그대

별과 그대

그대는 평범한 이미지에서 조금 거리가 있는
반짝이는 별이다

그렇게 생각했을 때
어쩌면 자신도
또 다른 아류의 별이라는 걸
알게 되었어요

어떤 측면이든지
현실의 보편적 대상에서
조금 떨어진
서로 다른 개성의
빛나는 물체

대상의 포용성과
넓은 시야
그 아름다움을
함께 수용해요

내게로 온 별

혜성을 관측하는 텔레비전 보도를 보니
오래전 그때의 기억이 새롭다

삼삼오오 외로운 중년 남녀들이 모여서
유성비가 쏟아지는 것을 볼 수 있는 좋은 기회라며
들뜬 마음으로 두런거리던
그때의 상황이 생각난다

외롭지만 뾰족한 대책도 없는
자신들의 처지를 위로받을 상징이라도 되는 듯이
포장마차에서 소주잔을 기울이며
유성을 기다리던 그 마음이 느껴졌었다

도시 외곽의 계곡과 거친 길을 배회하며
무언가를 기대하며
기다리던 그 대상의 상징

그때 그 유성처럼
나에게로 떨어져 내린 그대여
조금 늦었지만
어쨌든
행복한 결말!

에버랜드

.

그대가 투영된 모습을 보았을 때
실현성이 어려운
또 한 번의 그림자 사랑이 될 듯해
망설여졌습니다

우리의 상징적 존재 이미지
에버랜드
그 지역에 가까워지자
언젠가 그대를 생각하며
혼자 이곳에 왔었다는 것을
알게 되었습니다

다시 찾은 에버랜드
회사 건물 어귀에 있는
정원수를 보니
그때 기억이 확실해졌습니다

가느다란 가지에
촘촘하게 열매가 영근 관상수
천 개가 될 듯
저 붉은 열매
저 열매처럼
사랑도 생활도 꿈의 실현에도
수많은 창의적 열매를
우리 함께
만들어요

빛나는 그대

신선한 바람 속 그대
희미한 자태도
사랑에 대한 성향도
모두가 빛나는 존재

남해에 쏟아지는
햇살 같은 그대에게
뭉게구름이 가려
가깝지만 오랫동안
멀리 있었네요

그대가 안개 속 홀로 남겨져
시야가 가려져 있었던 것은
그만큼 빛나는 존재이기 때문이에요

오랫동안 격리된 만큼
마음을 가다듬고
열심히 주시하며 추구하고
때로는 그윽이
때때로 매콤하게
서로 사랑해요

그대

그대는 작은 섬나라 공주처럼
현실적으로는 풍족하지만
심리적인 행위의 반경이
자유스럽지 못해
외롭고 불행한 여인이라고
생각되어요

잘 알지 못하는
유사한 상황에서는
대부분 강자보다 약자를 선택한
자신이기에
그대는 편안한 대상으로
내 마음 한편에 자리 잡고 있어요

그대는 아름답고 매력 있지만
사랑으로 이어질 대상자가 적은
사랑의 약자

정신적으로 자유스럽고 다감하여
결속성이 자연스러운
내게로 와요

그녀에게로

오늘 정월 대보름
밸런타인데이

그녀가 있는 곳
이미지를 닮은 또 다른 그녀에게
상담을 의뢰하며
비틀스의 노래를 들었네

잡탕스러운 음악과
그러한 바탕의 무대와 장소에
길든 자신이지만
비틀스 곡의 피아노 연주는 달콤했다

그녀를 떠올리며 듣는
피아노 연주 음악이
황홀하게 감기어 왔다

이 곡에 대해서는 잘 모르지만
음악에 취하니
그대에게 딜려가고 싶은
내 마음이
간절해졌다

좋은 인연

바람과 물결에
밀려다니는 부초처럼
주변의 움직임에 신경이 곤두서고
마음이 안정적이지 못해서
그동안 글을 쓰지 못했는데

언제부터인가
그대가 내 안으로 들어와
그리움과 안정의 중심으로
자리를 잡아
탐색의 시선으로
세상만사를 바라보게 되었습니다

그대와 나
비록 함께 있지는 못하지만
마음속으로는 함께 있어
버팀목이 되어 주고 있기에
가능한 일입니다

그것은 자신에게
어떤 측변의 대상으로 귀결이 될는지
잘 알 수 없지만
무엇보다도 중요한
좋은 징조!
좋은 인연이라고 생각해요

청계산 답사

원터마을과 청룡마을이 있는 곳에
자리를 잡은 산

하늘을 향해 쭉쭉 뻗은 수목과 활엽수
작은 계곡이 어우러진 곳

꿈을 향해 다가가듯이
좋은 계단이 많은 산

친구와 담소하기도 좋고
연인과 데이트하기도 좋지만
사색하기에도 좋은 산

십여 년 전 그때 겨울 산행에서
앞이 잘 보이지 않는 눈보라 속
신발끈을 고쳐 매던 그 산에
운동화에 점퍼 차림으로
가을 산에 오른다

함께 올 수 없는 그녀를 위해
마음만은 같이 있고 싶어
자연스럽고 편한 느낌이 드는
청계산으로 다가왔다

주변 환경이 변화된 이곳
사랑스러운 그녀와 함께 하는
첫 산행을
청계산에서 하고 싶어
답사산행을 한다

함께 달려가요

젊음의 한때
환호하는 군중 속에서
외로운 이방인으로 서성이던 곳

말이 내달리던 그곳
이제는 울창한 숲으로 둘러싸인
그 공원으로
그대여 오세요

서로 간에 분위기를 닮아
힘겹고 유사한 상황에 직면한 우리
손을 잡고 힘을 합쳐야 해요

또각또각 망설이지 말고 다가와요
길가에
정취를 깊게 하는 소나무와
수풀 속 바위가 있는 곳
가까운 곳에 조성된
경주마 동상을 바라보며
마음을 가다듬어
우리 함께 손을 잡고
말처럼 힘차게 달려가요

내게로 와요

고향과 가족
세상으로부터 격리된 마음으로
무인도와 정글에서처럼 살아온
많은 날들

오랜 세월의 다사다난한 사연들
질리고 아팠던 상처와 고난의 과정 그 기억들
이 모든 것을 씻어줄 수 있는
그대여
내게로 와요

다정다감한 정감을
어디로 흘려보내야 할지 몰라
슬펐던 수많은 기억
누군가가 곁에 있어야만 마음이 벅차오를 순간에
주위를 돌아보며 아쉬워한 많은 순간들

서러운 내 인생
늦었지만 이렇게 눈길이 마주친
고마운 그대여
내게로 와요

제3장
중독

중독

뱃속에서부터 전해져 왔을 온갖 자극들
울고 웃고 물고 만지고 긁으면서
성장 과정에서부터 노화의 과정에서 느낀
수없는 생각과 감정들
때로는 애잔하거나 처연했던 기억들
그간의 과정에서 비롯된 그 습관이 여기까지 이르렀는가

더러는 핑계로 세월을 보내고
더러는 착각 속에서 인생을 탕진하고 배회했다만
그래도 때때로 꿀처럼 달고 독처럼 쓰고
아름답고도 슬픈 기억들

매력이 없어
연출되기 어려운 장면과도 같은
시큰둥하고 볼품없는 한때의 게으른 독백처럼
진부한 생활과 도취의 과정으로
내 소중한 삶이 반복되어 흘러가기도 했다만
둘러보아도 궁리해 보아도
용기도 없고 묘책도 없어
어쩔 수 없이 내딛는 발길처럼
오늘도 또 하루 중독 증세로 나아간다

지구인

흉측하게 생긴 벌레를 보면
인생의 소중함을 돌아보라

때때로 두 팔을 벌리고
고개를 높이 들어 하늘을 보라

인간으로 태어난 하늘의 축복을
깊게 느껴라
경건하게 꿈을 향해 나아가라

인생이란
인간이 이룬 문명을
온몸으로 받아들이면서 헤쳐나가는 길이며
그대의 성공이 문명창조의 밑거름이 되는 것

자신의 하는 일에
신성한 의미를 부여하고 즐겨라
성공을 위해서는 실현을 위한
의지를 어떻게 불태우느냐가
가장 중요한 것

성공하라 그리고 인생을 만끽하라
인류 역사의 한 점 한 시대를 살아가는
나는 지구인
거친 파도도 헤치고
힘차게 나아간다.

가을에

그 무엇이든지
자신이 가진 그 계측의 안테나
불변의 가치와 잣대로 걸러져
빈 그물만 덩그러니 남아 있는
그것마저 삭고 녹아 흘러내려서
어디에든 스며들어라

예민하여 깊게 패인 내 마음도
짙게 물든 가을의 색깔도
파스텔 색조로 서서히 엷어져 바스러져 가라

인생은 다양한 요소의 변화를 인식하고
적정하게 받아들이며
실존과 허무의 현상을 깨달아 가는 과정

우리 앞의 운명에 대응함에 있어서
피할 수 없는 본능적인 반응이야
어쩔 수 없는 것이겠지만
자신만의 가치 인식에 따른 행동을
누가 막을 수 있겠는가?

기대가 없으면 실망도 없는 법
결과적 관점과 과정의 가치가 포함된
스스로 부여하고 설정한 나만의 카드를 펼쳐 살아가고 싶다

어떤 음악에 부쳐

한겨울 한밤중에
오갈 데 없는 노숙자처럼
PC방으로 숨어들었는데
귀에 익었지만 살을 에이는 아픈 음악에
숨을 죽인다

얼마나 모질고 깊은
대걱정의 드라마가
그대의 음악 속으로 파고들었나

아름다운 그대는
만날 때마다 아름답듯이
형언할 수 없는
온갖 걱정이 어우러져 반복되는 파도는
언제나 제자리에 돌아와
날카롭게 심장을 파고드는데

새벽이 다가와도
지치지 않는 채찍으로 나를 휘둘러
도저히 자제할 수 없어서
마시다가 만 커피잔에
이 글을 쓴다

묘비명

나에게도 만약 묘비가 생긴다면
이렇게 써 주오

그도 우리도 가련한 인간
더도 덜도 아닌 인간의 삶을 살다가 갔다

스스로 선택한 고립의 덫에
아파하고 바둥거리다가 두려워하면서도
때로는 가장 처참하게 죽어가기를 바랐던 남자

주시하고 모색하는 뜨거운 시선으로 몽롱해져서
거리를 헤매었던 그가

이곳 작은 별에서 잠시 멀뚱거리다가
알 수 없는 곳으로 멀어져 갔다

빛나는 인간의 길

쉬운 길을 가든지 어려운 길을 가든지
인생이란 잠시 머물다가 가는 것일진대
빛나는 인간의 길을 가리라

스스로 부여한 의로운 지향
만족할 만한 가치를 찾아
스스로 설정한
그 최고의 길을 가리라

가시밭길이라도 좋다
고통의 세월을 감내하는 길이라도 견디리라
그것이
위대한 꿈이 아니더라도
매우 높은 의미를 부여하고
간절히 희구하는 심리상태를 유지하리라

그리하여 자신이 원하는
성공을 위해
차근차근 목표실현의 금자탑을 쌓아 갈 때가 되면
스스로를 평가하고 자축하는
빛나는 인간의 길을 가리라

취생몽사

간밤에 취한 채
잠이 들었습니다

텔레비전을 켜둔 채 잠이 들어
꿈도 온통 지직거리고 뒤틀려
헤매다가 부스스 깨어나면
진한 향수처럼 절실한 마음이 되어
온갖 생각으로 비몽사몽간을
떠돌았습니다

그 많은 생각들이
깨어나면 한 장 메모지에
제목만 달랑 각인되고
아무것도 남아있지 않습니다
제목만 각인된 하룻밤의 기억처럼
삶의 흔적도 단순하게 남겨지겠지만

그 과정은
짙은 안개 속 호수 위를 떠다니는 나뭇잎처럼
종잡을 수 없는 소용돌이의 흔적은 남지 않고
짧은 날갯짓으로 어디에도 뿌리내리지 못하고
사라져간 당신네들이 그랬듯이
애써 바둥거리다가 결국
취생몽사의 길을
가고 있습니다

이름 없이 살다 간 그대에게

깊은 계곡
잘 보이지 않는 숲속에도
이름 모를 꽃 한 송이가
붉게 피었다가 스러져 간다

세상 어딘가에서 불리던
내 생애 단 한 번도 듣지 못한 애절한 연가

어제 하루 곡명도 모른 채
가슴을 채우고 흔들었던 그 곡이
흐린 날 지상에 낮게 깔려 퍼지는 연기처럼
오늘도 흐르고

어느 겨울날 도심에서
영화의 한 장면처럼
젊은 연인들이 김을 내뿜으며
얼굴을 만지고 포옹하던 그 모습처럼
지금 이 순간에도 어딘가에서
극적인 생의 드라마가 전개된다

명분과 격식을 버리고
오로지 모든 것을 뜨겁게 사랑하고
미련 없이 사라져가기를 바라던 나도
그대를 생각하면

그대도 나름대로 의미 있고 아름다운
삶을 살다가 갔다고 생각한다

소중한 사랑

그대는 나에게 다가오기 위해
일생 동안 씻을 수 없는
상처를 입었습니다

서로에게 다가가기 위한 과정에
오랜 세월의 아픈 사연이 있습니다
우리들의 기구한 운명
검은 상처에 울었던 그대
또 올가미에 걸려
바둥거린 세월이 얼마인가
멍든 가슴을 부여안고 기다리는
그대의 모습을
꿈속에서 보았습니다
그러한 그대임을 알기에
나도 많은 것을 버리고
다가갑니다

너무나 어려운 가운데 다가선
우리들이기에
사랑은 간절합니다
어린 그대이기에
사랑의 표현도 조심스러웠는데
당신을 너무나 사랑합니다

그리움

대자연의 섭리대로만 순응하지 않는
번민의 독성을 지닌 인간으로 태어나서
열매를 맺어 씨를 뿌리지 못한다 하더라도
내 뜨거운 그리움의 본체에서 떨어져 나간 기운들이
숨 쉴 곳을 찾지 못해 스러져 간 것은
어쩔 수 없다 하더라도
구체적인 대상을 찾아 열화에 몸을 떨다가
가뭇하게 희미해져 갔더라면
이렇게 슬프지는 않았을 것입니다

비록 서로 사랑할 수 있는 사람이 없다고 하더라도
가둘 수 없어 퍼져서 넘나드는 마음을
멀리서나마 어루만질 수 있는 대상이 있다면
이렇게 슬프지는 않았을 것입니다
끊임없이 솟구치는 물줄기처럼
혼잣말이 되어 넘쳐서 흘러내리는
다정하고 애끓는 그 마음이 없다면
이렇게 슬프지는 않을 것입니다

미처 대비할 틈도 없이
세월은 가차 없이 다가와
숨이 가빠 헉헉거리는 늙은 개처럼 변해가더라도

당신이 맺어질 수 없는 대상으로 존재한다 할지라도
가을바람에 휘청거리며 기대어
서로 몸을 부비는 사각거리는 갈대처럼
채우지 못해서 뜨거워진
그 마음을 식혀줄 음성과 손길로서
그렇게 가까운 곳에 존재하기만 하여도
이렇게 슬프지는 않을 것입니다

자화상 1

내 용모가 냉철하게 생겼더라면
시인이 되지 않았을 것이다
내 눈이 매우 초롱초롱하였다면
내면에 침잠된 그런 시를 쓰지 못하였을 것이다
하지만 내 용모는 차가운 이성과는 다소 거리감이 있고
내 눈은 내면에 기울어지기 쉬운 조금은 흐릿한 느낌이 있다

내면의 상념 때문에 얼마나 많은
정신적인 장애에 시달리며
마뜩하지 않은 행동을 했던가

내 성향 때문에 아름답고도 고통스런
고독한 삶을 살아왔으며
불행한 가운데 의미 있는 길이었다

내 얼굴이 비교적 무난한 둥근형이 아니라
날카로운 형이었다면 아마 미쳐버렸을 것이다
물려받은 것이거나 살아온 과정이
표정으로 굳어졌던지
오늘의 나를 있게 한
내 운명의 얼굴 그 자화상

만족하지 말라

만족하지 말라
내일이면 부서지기 쉬운
작은 업적에 만족하지 말라

만족하지 말라
아주 먼 미래에
희미하게 잊혀져 갈
그대의 작은 작품에
만족하지 말라

허공은 깊고
하늘은 높아

오늘의 노력
그 결과에 만족하지 말고
이상을 높게 가지고
높은 곳을 향해
끝없이 나아가라

명작을 위하여

당신의 작품에 명작이 없다고
서러워 말라 끊임없는
일생 동안의 작품 중에 단 하나의
명작이 없는 사람도 수없이 많다
마음속 울림을 불러일으키며
때로는 불시의 체험에 의하여
그 기회가 다가온다

명작을 위해서는 어떤 면에서든지
기본 바탕이 되는 실력이 뒷받침되어야 한다
명작을 만들 기회가 있다는 희망이 아름답다
끊임없이 공부하고 탐색하고 접목하고 발견하고 구상하라

언젠가는 최고의 명작을 끌어안고
뜨거운 눈물을 흘리리라

명작을 탄생시킬 수 있다면 그에 따른 희생은 그만한 가치
가 있다
어둠 속의 올빼미처럼 눈을 부릅뜨고 소재를 찾으리라
캄캄한 밤의 횃불 같은 명작을 탄생시키고 싶다
오늘도 명작을 꿈꾸는 도전은 계속된다
신의 경지를 터득하고 닮아가라

인간사의 의미와 속성
그 느낌을 표현하기 위하여
가슴을 열고
아름답고 완연한 모습으로 펼쳐가라
자신을 드러내라

느리게 걸어온 길

문학인으로서 나의 지나온 날을 돌아보면
부끄러울 만치 느리게 왔네요

천천히 걸어가듯이
적당히 느리게
때로는 현실의 벽에 부딪혀
오랜 세월 절필하다가
새로운 계기를 맞아
글을 쓰게 되어
오늘에 이르렀네요

주변의 많은 사람이
오로지 작품 수 늘리기에만 힘쓰는 것을 보면서도
서두르지 않았어요

느리다는 것은
무언가를 발견하기 좋은 속도예요
느리다는 것은
무인가를 사색하고
사상을 응축하기 좋은 속도예요

느리다는 것은
좋은 시를 쓰기 좋은 구도의 속도예요

남은 나날들도
천천히 흘러가는 구름처럼
세월을 타고 가며
쉬지 않고 끈질기게
창작의 꽃을 피우리라

어둠의 세계에서 빛의 세계로

문학으로 이룬 나의 위상에 비해
나를 알지 못하는 사람들이
너무나 많다

이러한 이유로 다짐해 본다
어둠의 세계에서 빛의 세계로
나아가리라

문학에 대해서는
일반 대중들이 잘 알지 못하는 관계로
나의 위상이
너무나 유동적이다

이러한 이유로 다짐해 본다
어둠의 세계에서 빛의 세계로
나아가리라

식민시대를 살아가는
흑인에 비견되는 나이기에
이 초라한 현실을 벗어나고 싶다

어둠의 세계에서 빛의 세계로
나아가리라

챔피언

인간은 태어나
누구나 자신만의 길을 간다
어떤 길을 가든지 중요한 것은
최고가 되어 성공하는 것이다

어떤 분야든 챔피언이 존재하는데
복권에 당첨되듯이
쉽게 챔피언이 된 사람은 없다

오랜 고통을 견디고
땀과 인내와 지혜를 모아
언젠가는 챔피언이 되리라

오늘도 나의 길을 걸으며
실패와 도전을 거듭하여
나의 길에 최고가 되리라

챔피언이 되고
언제까지나 챔피언으로 남으리라

제4장

석양 무렵

불멸의 시

언젠가는
불멸의 시를 쓰리라
언젠가는
수많은 사람의 가슴을 흔들어
잊히지 않는 시를 쓰리라

세상의 위대한 작품도
작고 우연한 발견에서 비롯될 수 있기에
곤충의 더듬이처럼 촉수를 세우고
마음을 열어 바라보리라

그리하여 때가 되면
기회를 놓치지 않고 잘 포착하여
언제까지나 빛나는
불멸의 시로 살리라

석양 무렵

지울 수 없는
마음의 깊은 상처가 새겨진 채
어디에도 뿌리내리지 못하고
혼돈의 젊음을 이어왔다

인간의 보편적 삶의 양상인
사랑 하나 결실 맺지 못하고
중년을 지나가면서
타인들이 열심히 살아가며
행복을 추구하는 모습을
구경만 하며 지나온 날들

인생에 있어서
확실한 스탠스를 취하지 못하고
엉거주춤하게 세월만을 흘려보낸
상실의 시대를 지나
벌써 석양 무렵에 도달했네요

하루가 저무는 서녘 하늘의 노을
황홀하게 타는 빛깔
멀어져가는 밝음이지만
붉은빛이 퍼져 하늘에 자욱하다

너무나 아름다운 석양이다

자화상 2

그만한 업보와 과정을 거쳐
태어나고 자라난
자라 같은 이 몸

기약도 없이
무언가 의미를 찾아
떠가는 이 마음
형체도 말하기 어려운
알 수 없는 회색빛 저 구름을 닮았구나

흘러가는 과정은 느리고
자연스럽게 동반하는 무의미한 시간도 많은데
인생의 아름다움을 제대로 알기도 전에
늙어가는구나

갈망과 주시의 뜨거운 시선으로 인해
이 몸 어딘가에 점점이 박혀
흔적이 남아 있을 텐데

생의 실천보다 몽환 속의 나날들이
엉겨 붙은 엿처럼 녹아
더딘 궁리의 늪에 마음이 기울어져
모호한 가운데 헤매인다

하늘과 땅

늘더위로 발악을 하던
여름이 가고
또 한 번
가을의 문턱에 닿다

애써 쳐다보지 않으려고 해도
가만히 창가에 누우면
눈을 찌를 듯이 높고 푸르른 하늘이
저기에 있건만
여전히 이 땅에는
이해하기도 힘든 악다구니가 있고

그곳에는
형태도 다양한 구름들이
만났다가 흩어지고
알 수 없는 곳으로 흘러가지만
여전히 이 땅에는
고독하고 힘들게 살아가는 사람들이
너무나 많습니다

입장이 상반되는
이기심의 표출로
잘 보이지도 않고 협상되기도 어려운
인간들의 횡포도 문제지만

수많은 남녀가
외롭게 살아가는 가운데
서로를 찾아 헤매지만

맺어지지 못하고 굴러다니는 것을
하늘의 이치와 섭리로서
그들에게
세상을 보는 눈과 지혜를 열게 해
감응의 길로 인도할 수 있다면 좋으련만

기다림

내 인생은 기다림으로 점철된
오랜 여정이다

어려운 생활의 과정 속에서
막연한 인생의 탐구와 방황
삶의 비애로 절룩거리던
나의 청소년기는
미래로 나아가는 과정
그 기다림

시골 생활을 접고
도시인으로서의 생활과
좋은 시를 쓰고 싶어
적절한 때를 기다리는
오랜 기다림

일과 사랑에 성공하기 위해

귀인을 기다리며
그 과정이 길어져서
기다린다는 인식마저 잊어버려
어둡고 힘든 늪에 빠진
질긴 기다림

시인으로서
완성의 정점에 다가가기 위한
연구와 노력의 바탕 위에
부족함을 채우기 위한
기다림의 세월

기다림의 연속인 나의 인생에
축복 있으리라

어둠 속의 전진

어슴푸레한 주위의 어둠을 느끼며
오늘도 한 걸음 전진한다

나는 유명인들의 틈바구니에서
어둠 속에서 웅크리고 살아가는
경계인이며 이방인이다
유력한 대상이면서도
홀로 습지를 떠도는
외로운 동물과 같다

인간 세상에서 대단한 일도
어쩌면 대수롭지 않은 하나의 현상으로
치부될 수가 있을진대
나의 독특한 이 상황과 함께하여
다가올 미래가 있다 하여도
대수롭지 않은 일이리라

머지않아 밝은 미래가 펼쳐진다 하여도
오히려 어둠 속에서 걸어가는 오늘을
그리워할지도 모른다

어둠 속에서 전진하는 오늘을 즐기리라
창조의 어려움과 기쁨을 즐기리라

잊혀지지 않는 기억

어린 시절의 체험
잊혀지지 않는 그 시절
기억의 장면이
지금도 때때로 클로즈업되는 경우가
종종 있다

가을 추수가 끝난 들판
높게 쌓인 짚더미 속에서
깊어가는 밤에
시간 가는 줄 모르고
밤하늘의 별을 보며
신비로운 배경과 함께
인간사의 상황에 대해 생각하고
마음을 빼앗겨
홀로 도취의 시간을 보낸
너무나 아름답고 설레었던
오래된 기억이 있다

그러한 체험들이 나에게 영향을 주었고
그 결과로
다른 사람들이 욕심을 부리는 행위에는
연연하지 않고
나의 관심이 있는 곳에만
애착을 보이는
고독한 인간이 되었다

젊은 시인에게

시가 아닌 허상을 쫓는
시인이 되어서는 안 된다

시가 아닌 잡문에 비중을 두는
그런 시인이 되는 것도
바람직하지 않다

일시적인 현상에
사로잡혀서는 안 된다

상을 받지 않으면
아무것도 아닌 사람이
되어서는 안 된다

끊임없이 모색하고
끊임없이 탐구하여 시를 써서

시 그 자체로 빛나고
존경받는 시인이 되어라

심취

일생을 관통하여
심취할 수 있는 일이 있다는 것은
행복한 일이다
그것이 직업이라면 더욱 좋고
취미생활이라 하여도
상관이 없다

시인으로서
마음의 소리와 함께하고
일상에 시심을 가지고 살아온 과정이
행복과 불행을 더욱 도드라지게 하였고
아쉬운 점도 있기는 하였지만
길게 돌아보면
오랜 심취의 과정이며
좋은 시인의 길이었다

그것이
확연하게 불행한 일이 아니라면
심취할 수 있는 좋은 일을 찾고
그리하여 스스로 즐겨라

남아있는 나날

젊은 날의 사랑은 지나갔지만
나의 남아있는 날들에도
희망은 있다

적절한 작품이 발표되고 선택되어
나의 마음을 되짚어 보게 한 제목
우리 삶의 가치를
일깨우게 하는 작품
남아있는 나날

피폐해진 삶에 빠져
절룩거리며 세월을 흘려보내고
아직도 기회는 있겠지만 나에게 남아있는 나날은
얼마만큼일까 하고 헤아려 본다

우리들의 삶에 있어서
세월 속에 있는
한정된 인생의 소중함을
잘 인식하지 못하는 경우가 많다

잘 알 수는 없지만
우리들의 교감이 숨어있는 작품
남아있는 나날

상실과 포기

인간은 살아가면서
개개인의 상황에 따라
서서히 예정된 시간에 따라서
때로는 예고 없이 갑작스럽게
어떤 상실에 맞닥뜨리게 된다

돌이킬 수 없는 상실에 직면해서
포기해 가는 과정을 겪게 되지만
가장 중요한 것은
상실의 순간이 다가오기 전에
이 모든 것을 소중하게 생각하고
가치 매김을 명확히 하여
후회 없는 삶을 살아가는 것이다

일생을 바칠 일

자신을 바칠 큰 일을 위해서는
작은 것을 희생할 각오를 해야 한다
얻는 것이 있으면 잃는 것도 있는 것이다

일생을 바칠 일이 있다는 것
그것 자체만으로도 의미 있는 길
좋은 선택인 것이다

잡다한 많은 일상을 겪으면서도
그 모든 것이
결국 한곳으로 집약되어 있다고 한다면
그 과정도 큰 길의 일부이리라

자신이 하지 못한 다른 길을
때때로 했으면 어땠을까 한다 하더라도
그것조차도
자신이 이룬 그림의 한 형태이다
그것을 위안으로 삼고 다스려
스스로 만족해야 한다

독신과 결혼

독신은 움직이지도 않고 게으른
가장 편하고 자연스러운 상태인 것이다

소극적인 인간에게 독신은
사랑을 하더라도
사랑을 실현하지도 않고
아무것도 하지 않는
더 쉬운 것이다

독신은 중요한 것도 귀찮은 것도 하지 않고
선택을 하지 않는 것이다

독신은 선택을 하지 않음으로써
선택의 여지가 있는
우월한 상태인 것이다

결혼은 여러 가지 고민스럽거나 어렵거나
갈등이 있을 수 있음에도
적극적인 선택을 한 결과이다

그럼에도 불구하고
대부분의 사람들이 결혼을 하는 이유는
인간은 원래
힘든 과정을 거치더라도
무언가를 이루어내고 창조하고
생산하려고 하는
능동적인 존재인 것이기 때문입니다

문학인 독신자들

저 멀리 아득한 곳에 빛나는 별처럼
영원히 반짝거리는 존재가 되고 싶어서
행복으로 이어지는 본능적인 많은 것을 망각하고
현실적으로 목마른 고갈된 길을
기꺼이 걸어가는 인간이 있다

다른 길을 걸었다면
훌륭한 신랑감 신붓감이 되었을 텐데
일반적으로 먹을 수 없는 열매에
사람들이 관심을 가지지 않듯이
기피하는 서글픈 존재가 되었다

독신으로 노년기에 이르러
돌보아 줄 파트너도 자식도 없어 외로운데
아무도 알아주지 않는 자신의 작품들을
죽은 자식 매만지듯이 손으로 쓰다듬으며
하염없이 길게 한숨짓는
인간이 있다

종족 번식 욕구

종족 번식을 하기 위해서
알을 낳기 위해서
너무나 먼 거리를 헤엄쳐 와서
회귀하는 연어도 있고
모래 속에 알을 낳아 새끼로 부화하는
바다거북도 있다

예상하지 못한 기발한 방법으로
종족 번식을 유지하는
생물도 있다

종족 번식을 위해 애쓰지만
어려움에 처한 인간을 위해
갖가지 방법을 모색하는 의학 연구진이 있고
의료기술을 통해서
끈질기게 종족 번식을 추구하는
인간이 있다

이러한 것들을 지켜보면서
자신은 종족 번식 욕구를 느끼고
어느새 닮아간다

마리골드

시골의 작은 농장에
따가운 햇살을 받으며
아름다운 마리골드꽃들이
피어 있다
눈에 좋은 루테인과 지아잔틴이 풍부한 꽃
생김새도 그렇거니와
태양과 밀접한 관련이 있다
해가 뜨면
꽃봉오리를 활짝 열고
해가 질 무렵이면
다시 꽃봉오리를 닫는다
오랫동안 피는 꽃으로도 유명하다
꽃말은
이별의 슬픔
가련한 사랑
반드시 오고야 말 행복 등이 있다

모두 나의 상황과 닮아 있다

마리골드꽃과 같은
늦은 성공을
오랫동안 맞이하리라

꽃무릇

하루 종일 추적추적 비가 내리는 날
길상사를 찾아왔다

절의 입구를 들어가자
여기저기 꽃무릇이 피어 있다
단풍나무 아래에도
가지를 늘어뜨린 소나무 아래에도
꽃무릇이 피어 있다

외로운 꽃대를 길게 뻗은 곳에
붉은 꽃이 피어 있다

독성이 있어
해충이 다가오지 않는 꽃
열매를 맺지 않아
독신을 상징하는 꽃

길상사를 창건했던
그녀를 상징하는 꽃
시인을 사랑했지만
끝내 사랑으로 열매 맺시 못하고
외롭게 죽어간 그녀

나 자신도 그녀와 비슷한 길을
걸어가고 있다

카네이션

어버이날을 맞이하여
붉은 카네이션 한 상자를 사 왔다

어머니의 사랑을 상징하는 카네이션

한국에서는 어버이날을 맞아
부모님에게 감사의 마음을 담아
카네이션꽃을 선물하는 것이
전통으로 자리 잡았지만

일찍 부모님을 여의고
자식이 없는 나로서는
카네이션을 선물한 적도
받아본 적도 없다

카네이션을 바라보는 마음은
많은 생각을 불러일으켰다

리본에 새겨져 있는 글씨
감사합니다
사랑합니다
그 문구를 보자
오랫동안 뜨거운 눈물이
흘러내렸다

수선화

시골의 이름 모를 정원에
수선화가 피어 있다

양파처럼 생긴 둥글고 탐스런 뿌리를 가지고
그 뿌리를 통해서
매끈한 줄기와 꽃을 피운다

너무나도 예쁜
노란색 수선화의 그 꽃말도
의미가 매우 높다

어려운 상황을 상징하는 추위에 강하여
이른 봄에 피어난다

자신과의 사랑에 빠진
나르키소스의 전설은
일생 동안 갈증에 빠져
자아에 도취한
내 인생의 일면을
닮아 있다

튜립

우리 동네 교회의 화단에
보라색 튜립이 무리 지어 피어
비에 함초롬히 젖어 있다

영원한 사랑을 상징하는
보라색 튜립이 무리 지어 피어 있다

꽃을 사랑하는 마음도
신을 사랑하는 마음도
스스로 지향하고 소중하게 생각하는
자신이 상념이 중요한 것이다

쉽게 흔들리는 가련한 존재인 인간에게
꽃을 사랑하는 마음도
신을 사랑하는 마음도
큰 별을 바라보며 이끌리게 되어
마음을 가다듬는 것과 같다

빛났던 순간들

초판 1쇄 2026년 04월 03일

지은이 서청영원
발행인 김재홍
디자인 김혜린
마케팅 이연실

발행처 도서출판지식공감
브랜드 문학공감
등록번호 제2019-000164호.
주소 서울특별시 영등포구 경인로82길 3-4 센터플러스 1117호(문래동1가)
전화 02-3141-2700
팩스 02-322-3089
홈페이지 www.bookdaum.com
이메일 jisikwon@naver.com

가격 10,000원
ISBN 979-11-5622-991-9 03810

문학공감은 도서출판 지식공감의 인문교양 단행본 브랜드입니다.

ⓒ 서청영원 2026, Printed in South Korea.
- 이 책은 저작권법에 따라 보호받는 저작물이므로 무단전재와 무단복제를 금지하며,
  이 책 내용의 전부 또는 일부를 이용하려면 반드시 저작권자와 도서출판지식공감의
  서면 동의를 받아야 합니다.
- 파본이나 잘못된 책은 구입처에서 교환해 드립니다.